roman noir

Dominique et compagnie

Sous la direction de

Agnès Huguet

Camille Bouchard

Les voyages de Nicolas

Horreur en Égypte

Illustrations
Normand Cousineau

Catalogage avant publication de Bibliothèque et Archives Canada

Bouchard, Camille, 1955-
Horreur en Égypte
(Roman noir)
(Les voyages de Nicolas)
Pour les jeunes de 9 ans et plus.

ISBN 978-2-89512-621-8
I. Cousineau, Normand. II. Titre.
III. Collection : Bouchard, Camille, 1955- . Voyages de Nicolas.

PS8553.O756H67 2007 jC843'.54 C2006-942318-0
PS9553.O756H67 2007

Dépôts légaux : 3e trimestre 2007
Bibliothèque et Archives nationales du Québec
Bibliothèque nationale du Canada
Bibliothèque nationale de France

ISBN 978-2-89512-621-8
Imprimé au Canada

10 9 8 7 6 5 4 3 2 1

Direction de la collection et direction artistique : Agnès Huguet
Conception graphique : Primeau & Barey
Révision et correction : Céline Vangheluwe

Dominique et compagnie
300, rue Arran
Saint-Lambert (Québec)
J4R 1K5 Canada
Téléphone : 514 875-0327
Télécopieur : 450 672-5448
Courriel : dominiqueetcie@editionsheritage.com
Site Internet : www.dominiqueetcompagnie.com

Nous remercions le Conseil des Arts du Canada de l'aide accordée à notre programme de publication. Nous reconnaissons l'aide financière du gouvernement du Canada par l'entremise du Programme d'aide au développement de l'industrie de l'édition (PADIÉ) pour nos activités d'édition.

Nous reconnaissons l'aide financière du gouvernement du Québec par l'entremise du Programme de crédit d'impôt pour l'édition de livres – SODEC – et du Programme d'aide aux entreprises du livre et de l'édition spécialisée.

À Philippe et Nicolas

Prologue

Je m'appelle Nicolas ; j'ai dix ans. Je suis québécois, mais je vis à l'étranger. Depuis plus d'un an, mon père et ma mère ont entrepris de faire le tour du monde. Il me semble que cela fait une éternité que nous sommes partis. Il m'arrive même de penser que le Québec n'existe plus ; que mes souvenirs de là-bas ne sont qu'un rêve.

Nous restons quelques semaines dans chaque pays que nous visitons. Parfois dans les grandes villes, parfois dans les villages. Mon père est ingénieur et travaille pour une firme importante. On lui offre des contrats ici et là au cours de notre périple. Le plus souvent, ma mère se déniche aussi un emploi lorsque nous nous installons quelque part. Puisque je n'ai ni frère ni sœur, je me retrouve

plusieurs heures par jour seul avec une gouvernante ou avec un professeur particulier.

Quelquefois, je parle à mes grands-parents au téléphone. Pour moi, ils ne sont plus qu'une voix sans visage. Une voix au timbre éraillé par la distance et les mauvaises lignes téléphoniques. Il y a bien ces photos d'eux que maman place toujours en évidence dans nos nouvelles demeures. Mais ces regards fixes ne paraissent pas appartenir à des êtres que j'ai connus.

J'ai aussi une photo de moi en train de jouer dans la neige. Un cliché pris alors que je n'avais pas huit ans. On dirait que ce n'est pas moi. Je ne me reconnais pas et je ne reconnais pas ces paysages d'hiver. Je n'ai pas vu de neige depuis si longtemps.

Chaque fois que nous débarquons

dans un nouveau pays, je découvre un monde inconnu et fascinant. Un univers différent de celui que je viens de quitter.

C'est comme naître plusieurs fois dans une même vie.

Chapitre 1

La jungle de coton

Lorsque mes parents ont écrit au Québec pour annoncer à notre famille que nous allions vivre quelque temps en Égypte, cela a provoqué beaucoup de réponses enthousiastes. Mes grands-parents, mes oncles et mes tantes nous voyaient déjà naviguer sur le Nil, au milieu des momies et à l'ombre des pyramides. En fait, ce n'est pas tout à fait comme ça. Les pyramides, je les ai vues une seule fois. De momie, je ne connais que celle de Ramsès II, aperçue dans un musée. Pour ce qui est du Nil, c'est juste un cours d'eau

comme le Saint-Laurent. Je ne vois pas ce qu'il y a de différent. Peut-être les felouques, ces petits bateaux avec une voile en forme de triangle, qui ne ressemblent pas du tout à la traverse de Lévis ou à celle de Tadoussac.

Nous demeurons dans un quartier en périphérie du Caire, la capitale du pays. Nous sommes loin de la circulation infernale et du vacarme du centre-ville ; c'est presque la campagne. Non loin de la rue où mes parents ont loué une petite maison, des champs de coton étendent leurs fruits blancs et ouatés. On croirait voir des arbustes décorés de boules de neige. Mais il fait si chaud ici que l'image n'est pas vraiment adéquate.

Comme il n'y a aucun établissement scolaire francophone ou anglophone dans le secteur, je ne vais pas à l'école.

–Mais je parle et je comprends un peu l'arabe ! ai-je protesté.

–Il faudrait que tu maîtrises mieux cette nouvelle langue, Nicolas, a dit papa. Tu aurais beaucoup de difficulté à obtenir des notes satisfaisantes.

–C'est décidé, a conclu maman. Notre fils n'ira pas à l'école.

Voilà qui réjouirait beaucoup de garçons de mon âge. Pas moi, au contraire. Puisque ma mère ne travaille que l'après-midi, le matin, elle m'enseigne les matières qui sont obligatoires dans les écoles québécoises. Et ma mère est le plus sévère de tous les professeurs que j'ai connus.

• • •

Je me suis fait des amis parmi les voisins de mon âge. Entre nous, on

communique surtout en arabe, mais un peu en anglais aussi. Nous jouons au ballon sur les terrains vagues poussiéreux qui bordent les habitations. Parfois, nous poursuivons des ennemis imaginaires au milieu des plants de coton. À l'occasion, il nous faut fuir

un adversaire véritable... comme un fermier des environs, qui n'apprécie pas que nous piétinions ses plantations !

Mes parents détestent que je joue dans les champs cultivés. Il paraît qu'on arrose les cotonniers de pesticides particulièrement nocifs.

Le copain avec qui je m'entends le mieux s'appelle Mohamed. Physiquement, il ressemble à tous les gens du coin : cheveux noirs, yeux foncés, peau cuivrée, un peu maigrelet... En fait, quand j'y regarde de plus près, je trouve que nous ne sommes pas si différents l'un de l'autre : je ne suis pas très costaud moi non plus, le soleil a bronzé ma peau et mes yeux sont marron aussi. On ne passerait pas pour deux frères, mais je constate que j'ai tout de même quelques traits communs avec les Égyptiens.

Mohamed est le benjamin d'une famille de huit enfants… dont il est le seul garçon ! Entouré de sa mère et de ses sept sœurs aînées, il dit qu'il est particulièrement dorloté. Et son père, monsieur al-Feshawy, comme tout bon Égyptien musulman, se sent comblé, après autant de filles, de compter enfin sur une descendance mâle.

Maman aime beaucoup Mohamed. Elle dit que, malgré le fait qu'on le bichonne chez lui, il n'a rien d'un enfant gâté. Elle le considère comme très intelligent et trouve dommage que son père soit trop pauvre pour l'envoyer à l'école. Aussi maman a-t-elle offert gratuitement à monsieur al-Feshawy ses services de professeure.

–Après tout, a-t-elle affirmé à papa, cela ne me demandera pas beaucoup

plus d'efforts d'enseigner à la fois à Nicolas et à Mohamed. Le seul hic, puisque notre jeune Égyptien ne parle pas français, c'est que je devrai donner mes leçons en anglais. Enfin, l'important est que Nicolas continue à parler sa langue maternelle quand nous sommes en famille.

Un après-midi, Mohamed, trois de ses cousins et moi poursuivons un dragon cracheur de feu dans une jungle touffue de cotonniers. Nous butons tout à coup contre le gardien du monstre, qui brandit un sabre arabe imposant. En fait, il s'agit de monsieur al-Feshawy occupé à élaguer les tiges de coton avec sa machette.

–Que faites-vous ici dans la plantation de monsieur Azzam ? nous demande-t-il en arabe.

Il nous regarde en cherchant à prendre un air sévère, mais il est trop gentil pour y parvenir. Son long visage maigre ressemble à celui d'un épagneul. Il porte une robe pour homme que l'on appelle djellaba. À son cou, au bout d'une cordelette de cuir usée, je vois se balancer un pendentif bon marché en forme de main.

Les Arabes appellent ce type de bijou « main de Fatima », du nom de la fille du prophète Mahomet. Il s'agit d'un porte-bonheur, je crois.

– Ouste, les gamins ! insiste monsieur al-Feshawy en nous menaçant – sans grand succès – avec sa machette. Allez jouer ailleurs. Je vais perdre mon emploi si monsieur Azzam vous surprend en train de fouler ses précieux plants.

Comme pour lui donner raison, nous apercevons au loin la silhouette épaisse de monsieur Azzam qui se fraie un chemin parmi les cotonniers. Il tient un bâton et, dans sa hâte de nous attraper, bouscule les tiges autour de lui. Des filaments ouatés volent en tous sens.

Nous déguerpissons sans demander notre reste.

Chapitre 2

Quand on ne mange pas tous les jours

Le lendemain matin, Mohamed ne se présente pas à la maison pour la leçon du jour.

–J'espère qu'il a une bonne excuse, rouspète maman.

Puis elle me regarde avec un sourcil relevé en signe de mécontentement :

–Je suppose qu'il est tombé malade avec tous ces pesticides que vous respirez en jouant dans les plantations !

–Peut-être que ce matin, il doit aider ses sœurs dans leurs travaux ménagers, dis-je pour excuser mon ami.

– S'il commence à manquer des leçons, réplique maman, il va prendre du retard sur toi et je n'ai pas l'intention de donner deux cours de niveaux différents.

Dans l'après-midi, une fois mes devoirs terminés et ma mère partie à son travail, je m'empresse d'aller retrouver mon ami. Dans notre aire de jeux habituelle, je croise ses cousins et nos voisins, mais aucune trace de lui. En arabe, je demande :

– *Feyn Mohamed ?* (« Où est Mohamed ? »)

– Avec son père, me répond un cousin. Désormais, il travaille avec lui dans les champs de coton.

– Mais ?… Et ses cours ?

Pour toute réponse, j'ai droit à un haussement d'épaules.

Je file vers la propriété de monsieur

Azzam. Au loin, parmi les dizaines de travailleurs, je tente de reconnaître Mohamed et son père. Je vois beaucoup d'enfants de notre âge qui s'activent au milieu des pousses. Finalement, je repère d'abord la silhouette courbée de monsieur al-Feshawy avant de découvrir celle de son fils à ses côtés. Je m'élance entre les rangs de cotonniers. Une brume de pollen et de particules végétales – sans doute mélangés à des molécules de pesticides – s'élève autour de moi. Parvenu à la hauteur de Mohamed, j'oublie la politesse élémentaire et, sans saluer ni mon ami ni son père, je lance :

– Mohamed, comment ça se fait que tu sois ici ? Tu ne viens plus à tes cours ?

C'est monsieur al-Feshawy qui répond. Dans son anglais approximatif, il me dit :

– Ce n'est plus possible, petit. Je n'arrive pas, seul, à nourrir ma famille. Monsieur Azzam a besoin de beaucoup de main-d'œuvre et Mohamed a été embauché.

J'interroge mon ami du regard. Penaud, il baisse les yeux et fait semblant de se désintéresser de la question. Il retourne une feuille de cotonnier pour y rechercher les chenilles qui dévastent les plants. J'insiste auprès de son père :

– Mais si Mohamed ne vient plus aux cours donnés par maman, il ne progressera pas. Il ne pourra pas se trouver un emploi plus tard. Un emploi plus payant que celui de cotonnier !

Le pendentif de monsieur al-Feshawy se balance devant moi comme si la main de Fatima m'ordonnait de me taire. L'homme me répond tristement :

–Nous savons tout cela, mon garçon. Tu ne peux pas comprendre, car tu viens d'un pays riche. Chez toi, les enfants ne sont pas obligés de travailler pour aider leur famille. Ici, c'est différent. Mohamed ne gagnera pas beaucoup d'argent à écraser les chenilles qui détruisent les plants de coton, mais au moins, son travail nous permettra, à ma femme, à mes filles et à moi, de manger un repas chaque jour.

Toujours silencieux, comme s'il avait honte, Mohamed saisit un insecte verdâtre et l'écrase entre ses doigts.

• • •

– Qu'est-ce que c'est que cette histoire ?! explose maman lorsque, le soir venu, je raconte à mes parents ma conversation de l'après-midi avec monsieur al-Feshawy. Mohamed ne gagnera pas plus d'un dollar par jour dans les plantations de ce bandit d'Azzam !

– Sans compter qu'il va ruiner sa santé avec tous ces produits toxiques qu'ils répandent dans les champs, renchérit papa en avalant une gorgée de thé brûlant. C'est affreux, cette coutume de retirer les enfants de l'école pour les faire travailler.

–Ce n'est pas une coutume, papa, dis-je comme pour défendre la décision du père de mon ami. Ils sont si pauvres. Les sœurs de Mohamed ne mangent pas toujours à leur faim.

Papa réfléchit une minute puis propose :

–Nous pourrions donner à cette famille un dollar chaque jour pour compenser le salaire de Mohamed. Ça ne représente pas une grosse somme pour nous et, comme ça, ton ami reprendrait ses cours.

Je m'exclame :

–Oh oui ! Quelle bonne idée !

–Au contraire, contredit maman, c'est une très mauvaise idée. Cela revient à leur faire la charité. Je crois que, pour cette famille, ce serait honteux, voire insultant.

Je repense à l'air embarrassé de

Mohamed. Ma mère a sans doute raison. Je sens alors une immense tristesse m'envahir. Je trouve la vie terriblement injuste.

Ce que j'ignore encore, à ce moment-là, c'est que les malheurs qui attendent la famille de Mohamed sont bien pires que tout ce que je peux imaginer.

Chapitre 3

Un mystère plane

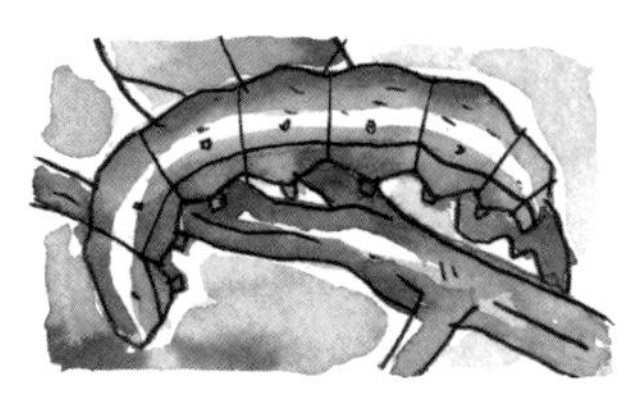

Chaque jour, j'espère avoir l'occasion de retrouver mon meilleur ami. Mais il ne revient qu'au crépuscule, quand la pénombre ne lui permet plus de repérer les insectes. De plus, il doit être si épuisé d'avoir passé la journée au grand soleil sans manger qu'il ne doit plus avoir d'énergie pour jouer. Je me contente donc de le saluer, certaines fois, tandis que je le vois, au loin, dans les champs de monsieur Azzam. Il se tient toujours près de son père. Quand il m'aperçoit, il m'envoie la main en retour. Toutefois, il se remet aussitôt au

travail. Monsieur Azzam n'a aucune pitié pour les travailleurs qui fainéantent.

Un après-midi, je remarque que Mohamed est seul, sans son père. Cinq minutes plus tôt, j'ai entrevu la voiture de monsieur Azzam qui partait vers le centre-ville. Je profite de cette chance et me faufile entre les plants de coton pour rejoindre mon ami. Il a l'air si heureux de me revoir ! Nous nous dérobons au regard des contremaîtres en nous enfouissant sous le feuillage. Enthousiaste, Mohamed me lance :

– Nicolas, je crois qu'Allah a enfin entendu nos prières.

– Vraiment ?

– Mon père vient de se trouver un travail ! Hier, un homme est venu à la sortie de la mosquée et a promis un emploi très payant à tous ceux qui

voudraient bien se rendre en Arabie Saoudite[1].

–Ton père irait travailler à l'étranger?

–Oui, pourquoi pas? Il a pris congé aujourd'hui pour passer un examen médical et montrer qu'il est apte pour l'emploi.

Voilà qui me paraît, en effet, une très bonne nouvelle. La réaction réjouie de mes parents, le soir, me le confirme.

Le lendemain, je croise monsieur al-Feshawy. Il se dirige vers les champs de coton. Je le salue avec la formule de politesse habituelle qui signifie «la paix soit avec vous»:

–*As salaam aleykoum!*

–*Aleykoum salaam,* me répond-il.

Puis, j'ajoute en anglais:

---

[1] L'un des pays voisins de l'Égypte.

–Mohamed m'a parlé de votre emploi en Arabie Saoudite, monsieur al-Feshawy. Vous partez bientôt ?

–Hélas, petit, il semble bien que le mauvais sort s'abatte sur moi.

–Que se passe-t-il ?

–J'ai subi un examen médical pour l'emploi en question et on a découvert que j'avais un cancer à un rein.

Je place une main devant ma bouche, horrifié.

–Oh, mon Dieu! C'est terrible.

–Oui, terrible. Heureusement, la compagnie qui voulait m'embaucher offre de m'opérer gratuitement. Enfin, quand je dis gratuitement… Je présume que j'aurai à rembourser plus tard avec une partie de mon salaire, mais si cela me permet de guérir…

Le pauvre homme me fait un sourire un peu forcé.

–*Inch'Allah!* («À la grâce de Dieu!»), conclut-il.

• • •

Plusieurs jours s'écoulent sans que je croise Mohamed ou monsieur al-Feshawy. Des rumeurs ont commencé à circuler dans le quartier. Aucun des

hommes qui s'étaient portés volontaires pour travailler en Arabie Saoudite et qui ont fait un bilan de santé n'a été retenu pour un emploi. L'étranger qui s'occupait du recrutement a disparu de la circulation et plus personne ne l'a revu. Les voisins se demandent pourquoi cette compagnie a investi du temps et de l'argent pour recruter des hommes et ensuite les ignorer. Un mystère plane.

Une fin d'après-midi, je passe devant le champ de monsieur Azzam. Sur le bord de la route, je remarque une grosse pierre que je n'ai pas l'habitude de voir là. Tout à coup, je réalise qu'il s'agit plutôt du corps d'un garçon recroquevillé. Quand je reconnais enfin mon meilleur ami, je me précipite vers lui.

–Mohamed ! Qu'est-ce qui t'arrive ?

Tu es blessé ?

Il se relève péniblement et je remarque ses yeux rougis. Il pleure !

– Non, je n'ai pas mal, répond-il. C'est que j'ai perdu mon emploi. Monsieur Azzam trouve que je ne travaille pas assez bien. Il dit que je laisse des tas de chenilles sur les feuilles.

Il essuie ses larmes du revers de la main et renifle en disant :

– Mais je suis si épuisé.

– Ton père est au courant ?

Ses paupières clignent et il me paraît plus triste encore.

– Nicolas, mon père a disparu depuis des jours… En fait, depuis le matin où il s'est rendu à la clinique pour se faire opérer.

– Comment ça, disparu ? Tu veux dire qu'il est resté à l'hôpital ? Il est trop malade, peut-être ?

–Quand ma mère est allée le voir à la clinique, les infirmières ont répondu qu'elles n'avaient jamais eu de patient du nom d'al-Feshawy.

Chapitre 4

Intrus à l'hôpital

Toute la soirée, je me suis demandé si je devais parler de la situation de monsieur al-Feshawy à mes parents. Finalement, j'ai choisi de ne rien dire. De toute façon, Mohamed et moi avons décidé de mener nous-mêmes notre enquête.

Aussi, le lendemain, lorsque mes cours du matin sont terminés et que ma mère est partie travailler, je me dépêche de retrouver Mohamed. Il m'attend au coin d'une avenue qui mène au cœur de la ville. Je lui offre des fruits que j'ai apportés de la maison.

Il y mord à belles dents ; il n'a guère mangé depuis la veille. Je m'efforce de prendre l'air soucieux qui convient à notre entreprise, mais n'y parviens pas tout à fait. Je suis trop content d'être à nouveau avec mon meilleur ami. Mohamed lui-même semble plus heureux et détendu.

Après avoir marché quatre à cinq kilomètres, nous arrivons en face d'un bâtiment un peu moins délabré que les autres. C'est l'hôpital. Dans la rue, des hommes en djellaba et des femmes voilées nous croisent, indifférents.

– Il y a un gardien à l'entrée, remarque Mohamed. Il ne nous laissera pas passer.

– Tu crois qu'on pourrait entrer par-derrière ?

– Ça vaut le coup de vérifier.

Nous contournons le pâté de maisons pour nous retrouver dans la ruelle qui donne sur l'arrière du bâtiment. Mohamed laisse échapper un juron en arabe puis me dit en anglais :

– C'est fermé par un grillage. Impossible de passer.

Je m'avance et vérifie la solidité de la clôture en treillis. J'admets :

– Impossible, en effet.

Puis, je lève les yeux vers le sommet de la barrière.

– Et impensable par là, également. Tu as vu ces fils de fer barbelés, là-haut ?

Nous longeons la clôture et, au moment où je repère une ouverture dans le grillage, Mohamed me saisit par le bras et m'oblige à marcher plus loin.

– Qu'est-ce qui te prend ?

– Faisons semblant de nous éloigner. Une porte vient de s'ouvrir à l'arrière de l'hôpital.

Un homme vêtu d'une chemise blanche et d'un pantalon soigné apparaît dans la cour. Il se dirige vers une automobile stationnée au milieu d'une dizaine d'autres – les voitures des médecins, sans doute.

– Par Allah ! s'exclame Mohamed. Je connais ce type.

– Vraiment ?

– C'est l'homme qui est venu à la mosquée, l'autre jour, et qui a promis du travail à ceux qui partiraient en Arabie Saoudite.

Nous attendons que le gaillard monte dans son véhicule, démarre et contourne le bâtiment en direction de la rue principale. Quand il a disparu, nous revenons vers la clôture. Je lance :

– Viens par ici. J'ai trouvé une ouverture tout à l'heure.

Un trou dans le grillage, sans doute causé par une voiture ayant reculé trop brutalement, offre un passage juste assez large pour nous laisser passer. Nous atteignons rapidement la porte par où l'homme est sorti et, après nous être assurés que personne ne nous a vus, nous pénétrons dans l'hôpital.

Une odeur d'éther nous assaille tandis que nous parcourons des couloirs sombres. Ici et là, nous ouvrons discrètement des portes fermées. Chaque fois, la pièce est vide. L'aile des malades ne semble pas dans cette partie du bâtiment. À la croisée de deux corridors, une infirmière apparaît sans que nous l'ayons entendue approcher. Alors que nous nous attendons à être interpellés, elle ne nous accorde pas même un regard. Pas plus que cette deuxième infirmière que nous croisons ensuite, pas plus que ce groupe... Finalement, nous nous retrouvons au milieu d'une véritable fourmilière où médecins, malades et visiteurs s'entremêlent sans nous prêter la plus infime attention. Je suggère à l'oreille de Mohamed:

–Puisque personne ne s'occupe de nous, profitons-en pour visiter les

chambres une par une. Nous finirons bien par tomber sur celle de ton père.

En fait de chambres, c'est plutôt dans quatre dortoirs que nous trouvons les malades en convalescence. Un dortoir peu achalandé pour les femmes qui peuvent se payer de meilleurs lits, un autre pour les hommes, un dortoir surpeuplé pour les femmes pauvres…

–Et voilà celui des hommes pauvres, indique Mohamed en désignant la dernière salle que nous atteignons enfin.

Au moment où nous nous apprêtons à franchir la porte, une voix siffle dans notre dos :

–*Entū 'awiz ēh ?* (« Qu'est-ce que vous voulez ? »)

Je me retourne en même temps que Mohamed et, en apercevant l'individu qui se dresse devant nous, je suis glacé d'effroi.

Chapitre 5

Le serpent sur le bout de sa queue

L'homme qui vient de nous adresser la parole est un véritable géant. Il doit mesurer près de deux mètres et est aussi maigre qu'un plant de cotonnier. Avec son crâne chauve, sa peau glabre, ses petits yeux noirs et son menton fuyant, il me fait penser à un serpent qui se serait levé sur le bout de sa queue pour nous défier. Si une langue fourchue émergeait de ses lèvres inexistantes, je n'en serais pas surpris. Il porte une blouse blanche

de médecin, trop large aux épaules et trop courte aux poignets.

– Que faites-vous ici ? dit-il.

– Nous… nous cherchons mon père, balbutie Mohamed qui paraît aussi effrayé que moi.

– Qui vous a laissés passer ? Qu'avez-vous dit au gardien à l'entrée ?

– Nous… euh… à l'entrée ? Nous…

Mohamed hésite à mentir et, pour éviter qu'il ne s'embrouille dans ses explications, j'interviens en anglais.

– Monsieur al-Feshawy est-il dans ce dortoir ?

Le médecin pose sur moi ses prunelles de reptile. J'en ressens un frisson encore plus puissant dans mon dos.

– Qui ? demande-t-il.

– Abdullah al-Feshawy, répond Mohamed à ma place. C'est le nom de mon père.

L'homme continue de m'observer et questionne :

– Qui es-tu, toi, le petit Blanc ? D'où sors-tu ?

– Je… je suis le meilleur ami de Mohamed, monsieur. Nous cherchons son père qui a été opéré dans cette clinique, cette semaine, pour une tumeur à un rein. Vous le connaissez ?

Toujours sans me quitter des yeux, le serpent réplique :

– Je suis le chirurgien responsable de cet établissement et je n'ai vu aucun patient répondant à ce nom.

– Mais ce n'est pas possible, monsieur, proteste Mohamed. Mon père a subi une intervention chirurgicale ici, il y a quelques jours…

– Oui, ta mère a déjà raconté tout ça, gronde le médecin qui détourne enfin son regard irrité pour le poser

sur Mohamed. Elle aussi cherchait ton père, je m'en souviens, et je lui ai répondu la même chose qu'à toi. Si ça se trouve, ton cher papa a inventé

cette histoire pour vous abandonner et refaire sa vie ailleurs avec une femme plus jeune et plus jolie que ta mère.

Et le voilà qui éclate d'un rire sinistre. Un gardien de sécurité traverse le couloir; aussitôt, le médecin l'interpelle en arabe.

– Toi! Fous-moi ces deux mioches à la porte! Si je les reprends à rôder par ici, je leur arrache les yeux avec mon bistouri.

• • •

De retour dans la rue, Mohamed me semble complètement abattu. On dirait presque qu'il va pleurer. Pour l'encourager, je lui dis:

– De toute façon, ton père ne se trouvait sûrement pas dans le dortoir

des hommes pauvres. Pas plus que dans les autres. Nous l'aurions vu ou, du moins, lui nous aurait aperçus en train de discuter avec le chirurgien.

–N'empêche que ce médecin a menti, réplique mon ami. Je sais que c'est dans cet hôpital que mon père est venu. Et le type qui a promis des emplois et qu'on a vu sortir par-derrière ? Je suis certain que le médecin et lui sont complices.

–D'accord, mais complices de quoi, au juste ?

En guise de réponse, Mohamed hausse les épaules. Tout cela le dépasse autant que moi.

Nous quittons à peine les abords de l'hôpital que, tout à coup :

–Psst ! Les enfants !

Nous nous retournons pour découvrir un jeune homme qui s'avance vers nous en regardant à gauche et à droite. D'une main, il tient fermée la veste qui masque sa blouse blanche. Sans doute parce que je suis un Occidental et qu'il en conclut que je ne comprends pas l'arabe, il dit en anglais :

– J'ai cru deviner que vous cherchiez quelqu'un.

– Je tente de retrouver mon père, répond Mohamed. Qui êtes-vous ?

– Je m'appelle Khalid. J'étudie la médecine et je suis en stage à la clinique. Je vous ai entendus parler au docteur el-Midani, le chirurgien en chef.

– Il a dit que mon père n'était jamais venu à l'hôpital. Je sais qu'il nous a menti.

Le dénommé Khalid plonge une main à l'intérieur de sa veste et en retire un objet qu'il nous présente.

–Ceci appartenait à ton père, n'est-ce pas ? demande-t-il.

Bouche bée, Mohamed et moi reconnaissons le pendentif de la main de Fatima avec sa cordelette de cuir usée.

–C'est bien à lui ! affirme Mohamed en tendant les doigts pour se saisir du bijou. C'est son porte-bonheur.

–Il me l'a offert en guise de paiement, déclare Khalid. C'était le seul objet d'une quelconque valeur qu'il possédait. J'ai refusé, bien sûr, mais il a insisté.

Mohamed ne réplique pas, fixant des yeux le pendentif au creux de sa paume. On dirait qu'il est ému de retrouver là un fragment de son père disparu. C'est donc moi qui demande :

–Pourquoi monsieur al-Feshawy tenait-il à vous payer ?

– Parce que je l'ai aidé à s'enfuir de la clinique.

– S'enfuir ? Mais pourquoi ?

Khalid se penche vers nous et parle un peu plus bas :

– Écoutez, je veux que vous sachiez que je ne suis pas d'accord avec ce qui se passe ici. Je ne peux pas faire grand-chose, mais au moins, je ne suis pas impliqué.

– Impliqué dans quoi ?

– Où est mon père ? demande plutôt Mohamed.

Khalid hésite une seconde puis, en se relevant à demi, répond :

– Dans la cité des morts.

Chapitre 6

La cité des morts

À bord d'un autobus bondé, Mohamed et moi filons en direction du centre-ville. Pour la centième fois, je demande :

– Donc, ton père, il n'est pas mort ?

– Mais non, je te dis !

– Pourtant, la cité des morts, c'est un cimetière, non ?

– Oui, mais un cimetière où vivent aussi les gens très pauvres. Ils habitent dans les mausolées, les tombeaux des familles riches.

– Mais c'est horrible, non ?

Mohamed hausse les épaules en rétorquant :

– C'est sans doute mieux que de vivre dans la rue.

Nous descendons dans le quartier islamique de la ville, à l'entrée de la cité des morts qu'on appelle, à cet endroit – c'est Mohamed qui me l'apprend –, la « nécropole nord ».

– Si mes parents apprenaient où je suis, dis-je, ils m'enfermeraient dans ma chambre pour les trois prochains mois.

– Si nous retrouvons mon père, ils te considéreront comme un héros.

En imitant le geste que mon ami a coutume de faire, je hausse les épaules pour répliquer :

– Avec mes parents, je ne peux jamais être certain de rien.

Nous franchissons une porte assez large pour laisser passer un camion,

puis nous pénétrons à l'intérieur d'une enceinte encadrée par un gigantesque mur de pierre. L'endroit est grand, les rues sont larges. Si ce n'était des mausolées – imposants et nombreux –, j'aurais davantage l'impression de me retrouver dans un faubourg « normal » de la ville plutôt que dans un cimetière. Des cordes à linge sont suspendues entre les tombeaux, des enfants courent et s'amusent. Des femmes, certaines voilées, d'autres non, transportent des bacs sur leur tête.

– *Entū 'awiz ēh ?* (« Qu'est-ce que vous voulez ? »), demande tout à coup une voix derrière nous.

Nous nous retournons pour faire face à un homme entre deux âges, poussiéreux des pieds à la tête, avec une cicatrice sur la joue. Il correspond à la description que nous a faite Khalid

d'un gardien avec qui nous devons prendre contact.

–Vous êtes monsieur Ouhila? demande Mohamed. C'est Khalid qui nous envoie.

–Vous cherchez quelqu'un, c'est ça?

–Mon père, monsieur. Il s'appelle Abdullah al-Feshawy.

L'homme gratte sa cicatrice d'un air distrait puis demande:

–Un petit maigre avec une gueule de chien battu ?

–Quand même, monsieur ! s'indigne Mohamed. C'est de mon père que vous parlez !

L'homme, indifférent, tourne le dos et s'en va. Il agite les doigts de sa main droite vers le sol pour nous inviter à le suivre.

Nous parcourons la cité des morts. Une multitude de rues se succèdent, au milieu desquelles coulent souvent des rigoles malodorantes. À l'occasion, nous traversons une voie plus large et dallée, mais sans jamais nous y arrêter. Partout, nous apercevons des familles qui vivent dans les tombeaux. J'ai beau me dire que cela ressemble à un quartier ordinaire, il n'empêche qu'on se promène dans un cimetière, et j'en ressens un certain malaise.

Tout à coup, Mohamed pousse un cri à côté de moi. Il se met à courir vers un groupe d'individus assis à l'ombre d'un mur.

–*Ab!* (« Papa ! »)

Je n'ai pas reconnu monsieur al-Feshawy, tellement il a maigri. Déjà qu'il n'était pas gros. En nous apercevant, il se lève péniblement et se met à pleurer. Je le regarde accueillir son fils avec chaleur, sous l'œil des autres hommes qui nous entourent. Nous gardons le silence, émus de voir ce père et ce fils dans les bras l'un de l'autre. Le seul qui ne semble pas s'attendrir est monsieur Ouhila qui s'éloigne sans rien dire. Peut-être est-ce pour masquer son propre trouble.

• • •

Monsieur al-Feshawy s'est adossé à un tombeau de pierre. D'une voix faible, il raconte :

– Quand je me suis réveillé, après l'opération, j'étais allongé sur une civière, dans une pièce minuscule, sans lumière. On m'avait enfermé dans un placard à balais.

– Pourquoi ? demande Mohamed.

– Des fanatiques religieux manifestaient devant la clinique. On craignait des débordements. On craignait qu'ils n'entrent de force dans l'établissement pour rechercher des patients, comme moi, à qui on venait d'enlever un organe.

– En quoi cela les dérange-t-il ?

– Certains muftis…

Monsieur al-Feshawy se tourne vers moi pour m'expliquer :

– Les muftis, ce sont les interprètes

de la loi musulmane ; nos grands prêtres, en quelque sorte. Certains muftis, mais pas tous, ont interdit les greffes d'organes. Aussi, des islamistes extrémistes vont manifester, à l'occasion, devant les cliniques et les hôpitaux qui sont soupçonnés de s'adonner à cette pratique.

À côté de monsieur al-Feshawy, un homme qui présente un air de ressemblance avec Khalid, précise dans un anglais passable :

– Une greffe d'organe, ça signifie qu'on prélève sur un corps un composant sain et qu'on l'implante dans un autre corps. Cela se fait couramment un peu partout dans le monde. Par exemple, supposons qu'une personne vient de mourir dans un accident, on peut transplanter son cœur dans la poitrine d'un malade qui souffre de problèmes cardiaques.

Mohamed grimace pour exprimer son incompréhension.

– Mais toi, papa ? Pourquoi t'ont-ils caché ? Tu ne t'es pas fait greffer un organe, on t'a enlevé un rein cancéreux.

Je vois les yeux de monsieur al-Feshawy se remplir de larmes à nouveau. Il dit d'une voix brisée :

– C'est ce qu'on m'avait affirmé au départ, mais Khalid m'a appris que je suis victime d'un épouvantable marché noir. Des gens nous demandent de passer un examen médical pour obtenir un emploi. En fait, c'est pour vérifier lequel parmi les candidats qui se présentent serait un donneur compatible pour un riche patient arabe qui a besoin d'une greffe d'organe. Ensuite, on fait croire au donneur qu'il a une grave maladie, qu'il faut l'opérer, et on lui vole son organe. Ça peut être un rein, les yeux, un poumon, le pancréas, le cœur…

J'arrête presque de respirer, tellement je suis choqué par ce que je viens d'entendre. Tout en cherchant mon souffle, je murmure :

– C'est affreux…

– J'ai été chanceux, assure monsieur al-Feshawy. Si on m'avait pris le cœur, je serais mort à l'heure actuelle. Il paraît qu'on voulait me prendre l'autre rein, mais avec l'aide de Khalid, j'ai pu m'enfuir de la clinique et me réfugier ici.

De la main, il désigne les hommes autour de nous.

– Ils sont de la famille de Khalid. Ils ont accepté de me cacher le temps de ma convalescence. Merci à Allah !

Épilogue

Tous les hommes du quartier, y compris mon père et moi, sont réunis dans le jardin de monsieur Azzam. Mohamed est là aussi, ainsi que monsieur al-Feshawy, revenu de sa convalescence. Nous sommes assis à même le sol et plusieurs voisins tètent une cigarette ou l'embout d'un narghilé, une pipe à eau. Mon père préfère partager un thé à la menthe avec ceux qui ne fument pas.

– C'est inadmissible ! tonne monsieur Azzam, rouge de colère. C'est odieux !

Il parle en anglais par égard pour mon père et moi. Monsieur Azzam se tourne brusquement vers monsieur al-Feshawy en pointant son index :

– Tu vas porter plainte, j'espère ? Tu vas les poursuivre en justice ?

–Je n'ai pas les moyens de payer un avocat, répond l'homme qui a repris des couleurs durant les derniers jours. Et ces gens sont si puissants. Je veux parler de la direction de l'hôpital, du chirurgien en chef et de son complice, l'homme qui est venu nous offrir des emplois. À coup sûr, ils paieraient policiers et juges ; je ne gagnerais jamais un éventuel procès.

–L'important, dit papa en désignant monsieur al-Feshawy, est que notre ami ait réussi à s'échapper. Cela lui permet de mettre en garde toute la communauté contre les pratiques de cet hôpital. Ainsi, chacun de vous se méfiera des fausses promesses. Désormais, quand quelqu'un viendra vous proposer de passer des examens médicaux pour obtenir un emploi à l'étranger, vous saurez comment l'accueillir.

– À grands coups de pied dans le derrière ! lance un voisin, ce qui déclenche les rires de tout le monde.

• • •

Dans le crépuscule qui s'installe, Mohamed et moi laissons les adultes à leurs discussions. Nous nous éloignons pour nous installer près d'un muret où nous observons les premières étoiles qui s'allument.

– J'y pense, dit tout à coup mon ami en plongeant une main dans la poche de son vêtement. J'ai un cadeau pour toi.

Je le regarde, étonné.

– Un cadeau ? Pourquoi ?

– Pour ton aide. Avec toi, j'ai pu retrouver mon père.

Il me tend son poing fermé et fait une moue en disant :

– Si nous étions riches, je t'offrirais beaucoup plus, mais c'est de bon cœur.

Dans ma paume, il laisse tomber un petit bijou aux reflets argentés : une main de Fatima rattachée à une cordelette de cuir.

– Mohamed, c'est magnifique !

–Mon père l'a achetée chez son cousin le boutiquier. Elle te portera chance. J'en ai une autre pour ta mère, pour la remercier. Tu sais Nicolas, elle a parlé à mon père… et je vais pouvoir reprendre les cours avec toi!

Je suis ému. Je cherche des mots gentils à lui adresser en retour, mais Mohamed ne m'en laisse pas le temps. Il dit:

–Même si ces bijoux peuvent sembler sans valeur à des Occidentaux comme vous, tu sais ce qu'il en coûte à une famille pauvre comme la mienne. J'espère que ça te fait plaisir quand même.

–Mais Mohamed, ne dis pas de sottises; ce bijou est hors de prix.

Il fronce les sourcils et, avant qu'il s'imagine que je me moque de lui, je précise:

–Mohamed, il y a des milliardaires

qui ne pourront jamais se payer un bijou semblable, car il m'est offert par amitié. Et l'amitié, sais-tu combien ça vaut ?

Son sourire est aussi brillant que les premières étoiles quand il répond :

– Ça n'a pas de prix.

Camille Bouchard

Né à Forestville, Camille Bouchard s'est installé à la campagne, dans la région de L'Islet. Il se consacre à ses deux grandes passions, l'écriture et le voyage. Dans sa vie de globe-trotter, il a visité de nombreux pays en Asie, en Afrique et en Amérique du Sud. Voyageur infatigable, Camille a exploré des sites légendaires et a dormi à la belle étoile dans la jungle, dans le désert ou au sommet des montagnes. Il a gravi des pyramides, assisté à des rites sacrés et croisé des hyènes et des serpents à sonnette. Autant d'expériences et de souvenirs extraordinaires qui l'inspirent pour imaginer les aventures de Nicolas…

Du même auteur

Dans la collection Roman noir

Danger en Thaïlande
(Les voyages de Nicolas)

Complot en Espagne
(Les voyages de Nicolas)

Dans la collection Roman rouge

Des étoiles sur notre maison
Sceau d'argent du prix du livre
M. Christie 2004

Lune de miel
Les magiciens de l'arc-en-ciel
Flocons d'étoiles

Dans la collection Roman bleu

Derrière le mur
Lauréat du prix littéraire du Festival
du livre jeunesse de Saint-Martin-
de-Crau (France), 2006

Finaliste des prix littéraires de la
Ville de Québec / Salon international
du livre de Québec, 2005

Le parfum des filles

Dans la même collection

Niveau 1, dès 7 ans •

Lucie Wan et le voleur collectionneur
Agnès Grimaud

Le chasseur de monstres
Gilles Tibo

Niveau 2, dès 9 ans • •

Complot en Espagne
(Les voyages de Nicolas)
Camille Bouchard

Horreur en Égypte
(Les voyages de Nicolas)
Camille Bouchard

Niveau 3, dès 10 ans • • •

Une terrifiante histoire de cœur
Carole Tremblay